就連這麼遠的天邊，

都聽得到那個聲音。

# 遇見你
# 我懂了說謝謝

文·圖 菊田眞理子

翻譯 米雅

謝謝

謝謝

謝謝

謝謝

謝謝

「謝謝」是什麼呀？

我下去看看！

好好的觀察唷！

「謝謝」到底是什麼意思呢？

為了明白什麼是「謝謝」，

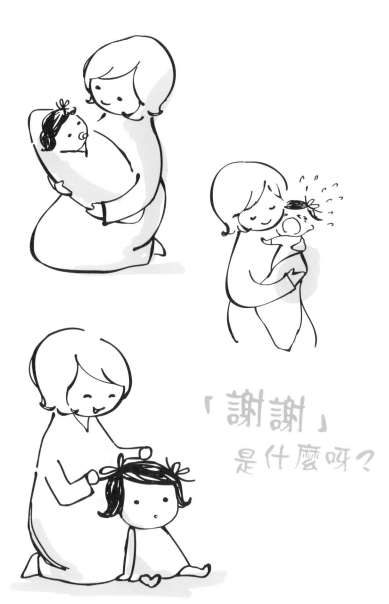

「謝謝」
是什麼呀？

能有人照顧我，為我付出，我覺得好幸福。

這種幸福的感覺，應該就是「謝謝」。

「謝謝」
是什麼呀?

能照顧人，為他們付出，我也覺得好幸福。

這種幸福的感覺，應該也是「謝謝」呀！

不管是接受，

還是給予，都讓人感到幸福。

「謝謝」
是什麼呀？

有人照顧我，為我付出..

我照顧人，為他們付出。

接受或給予，都讓人好想說：「謝謝」。

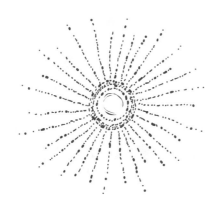

不知不覺間，生活中的每一天，

都被好多的「謝謝」圍繞。

要是當初有多說幾次「謝謝」就好了。

別掛心，他一定收到你的心意了。

「謝謝」能跨越各種障礙。

回頭一看，正因為一生中，

有幸和好多的「謝謝」相逢，

我才能成為今天的自己。

「謝謝」是什麼呀？

「謝謝」到底是什麼意思呢？

—————這是我的旅程，

全都為了明白什麼是「謝謝」。

那麼，現在你知道
「謝謝」是什麼了？

「謝謝」
就是愛乙音！

說得好！
賞你花一朵！！

傳到這麼遠的天邊的，

就是愛的聲音。

來自你那裡的，愛之音。

一路順風傳到我耳邊的，愛之音。

謝謝。

後記

高純度的愛之音，

可以超越各種限制和藩籬。

雖然要演奏愛之音，

有時會覺得不太容易，

但是我認為，

能夠明白愛之音的效果，

也許就彷彿學會了一句

魔法咒語那樣吧！


菊田眞理子


您手中的這本繪本是在2011年3月出版的，從當初到現在，每當生命本身的光芒瀕臨熄滅之時，這本書就會在奇妙緣分的指引下，猶如生命接力棒般的發揮作用、傳遞力量。致所有與我在書中相遇、讓生命光芒繼續閃亮的讀者，請讓我在此由衷的向您說聲：「謝謝！」

## 文・圖／菊田眞理子

繪本創作者、平面設計師。繪本作品《不論何時都能見到你》（大田）在1999年波隆那國際兒童書展中，榮獲「波隆那兒童獎特別獎」。作品被譯成外語，在德國、法國、韓國等數個國家出版。繪本作品有《我能為你做的事》（大田）、《有些事，我特別厲害》（采實文化）、《下雪日 On Christmas day》（白泉社）、《月之光珠》（WAVE出版）等。其他著作包括：散文集《抱抱、揹揹》、《寫給你的信》（角川文庫）、翻譯繪本《讀書給狗兒波妮聽》、《瑪德琳給流浪動物一個家》、《我相信你》（以上三本，創作者皆為莉莎·佩普，日文版為菊田眞理子翻譯，WAVE出版）等。

## 翻譯／米雅

插畫家、日文童書譯者，畢業於日本大阪教育大學教育學研究科。代表作有：《比利FUN學巴士成長套書》（三民）、《你喜歡詩嗎？》（小熊）等。更多訊息都在「米雅散步道」FB專頁及部落格。

## 遇見你，我懂了說謝謝
ありがとうがしりたくて

| | |
|---|---|
| 作、繪者 | 菊田眞理子 |
| 譯　　者 | 米雅 |
| 美術設計 | 陳姿秀 |
| 行銷企劃 | 劉旂佑 |
| 行銷統籌 | 駱漢琦 |
| 業務發行 | 邱紹溢 |
| 營運顧問 | 郭其彬 |
| 童書顧問 | 張文婷 |
| 第三編輯室 副總編輯 | 賴靜儀 |
| 出　　版 | 小漫遊文化／漫遊者文化事業股份有限公司 |
| 地　　址 | 台北市103大同區重慶北路二段88號2樓之6 |
| 服務信箱 | runningkids@azothbooks.com |
| 網路書店 | www.azothbooks.com |
| 臉　　書 | www.facebook.com/azothbooks.read |
| 服務平台 | 大雁文化事業股份有限公司 |
| 地　　址 | 新北市231新店區北新路三段207-3號5樓 |
| 書店經銷 | 聯寶國際文化事業有限公司 |
| 電　　話 | (02)2695-4083 |
| 傳　　真 | (02)2695-4087 |
| 初　　版 | 2023年11月 |
| 定　　價 | 台幣360元（精裝） |

ISBN　978-626-97724-1-4
有著作權・侵害必究
◎本書如有缺頁、破損、裝訂錯誤，請寄回本公司更換。

國家圖書館出版品預行編目 (CIP) 資料

遇見你，我懂了說謝謝/ 菊田眞理子文.圖；
米雅譯.-- 初版. -- 臺北市: 小漫遊文化, 漫
遊者文化事業股份有限公司, 2023.11
40 面；14.8 × 21 公分
譯自：ありがとうがしりたくて
ISBN 978-626-97724-1-4( 精裝 )

861.599　　　　　　　　　112015674

漫遊，一種新的路上觀察學
www.azothbooks.com
漫遊者文化

大人的素養課，通往自由學習之路
www.ontheroad.today
遍路文化・線上課程